Der Hausmeister

ein utopischer Roman von

Karl-Heinz Haselmeyer

Es sind schlimme Zeiten. Ich komme von den Gedanken nicht los, wie grausam Mutter ums Leben kam. Immer wieder male ich mir die Panik beim Brand in der Markthalle aus. Sie kam zu Fall, rücksichtslos trampelten Menschen über sie hinweg. Als sie von Rettungskräften gefunden wurde, lebte sie noch, doch in der Klinik konnte man sie nicht mehr retten, sie erlag kurz nach der Einlieferung ihren schweren Verletzungen. Ihr bleiches Gesicht im Klinikbett werde ich nie vergessen. Dann nahm sich noch Vater vor ihrer Beisetzung das Leben. Ich sah zwar, wie verzweifelt er war, doch damit hatte ich nicht gerechnet, er war doch immer so beherrscht. Seinen letzten Brief an mich möchte ich zerfetzen, kann es aber nicht. Er hat sich sehr gefreut, als ich mit dem Jurastudium mit exzellenten Noten in seine Fußstapfen getreten war, war dann aber entschieden dagegen, als ich mich für Journalismus entschied und ein Volontariat bei einem kleinen Berliner Verlag antrat. Es war unser letzter Streit vor der Katastrophe.

Nun bin ich hier nahe seiner letzten Wirkungsstätte in Frankfurt und zu einem Vorstellungsgespräch in der bedeutendsten Medienanstalt eingeladen. Zuerst muss ich unsere Wohnung in Offenbach ausräumen. Als Einzelperson kann ich sie nicht halten. Wohnraum ist so knapp, ob ich ein Zimmer hier in Frankfurt bekomme, steht auch noch in den Sternen. Unsere Möbel und die Hinterlassenschaft werde ich in ein Depot geben müssen. Heute ist Samstag, am kommenden Dienstag ist das Vorstellungsgespräch, es bleibt nicht viel Zeit, um unser Heim auszuräumen.

Jetzt bin ich hier in den vertrauten Wänden und weiß nicht recht, wo ich anfangen soll. Alles wirkt so, als könnten meine Eltern gleich hereinkommen. Ich habe Hemmungen, in ihren persönlichen Sachen zu wühlen. Ich fühle mich mies, Erinnerungen strömen auf mich ein und ich muss die Gefühle wegschieben, vertraute Gegenstände aussortieren, Kleidung aus den Schränken reißen, sichten und verpacken. Mutters Garderobe kommt in die Kleidersammlung, von Vater werde ich einiges behalten, nur seine Anzüge passen mir nicht, er war stämmiger. Vier große Plastiksäcke voller Wäsche und Kleidung, das ist alles, was von einer liebevollen Mutter übrig ist. Ich möchte weinen, aber mir kommen keine Tränen, ich fühle ohnmächtige Wut. Mir ist flau im Magen, ich werde mir einen Kaffee machen. In der Küche ist noch alles, als wäre nichts geschehen, der Kühlschrank ist auch noch gut gefüllt. Lebensmittel sind sehr kostbar geworden, aber ohne eigene Wohnung kann ich das nicht mitnehmen. Die Leute von der Spedition, die am Montag die Möbel abholen, werden dankbar dafür sein, Lebensmittel ohne Zuteilungskarten zu bekommen. Ich schmiere mir ein Brot und dann sichte ich die Papiere. Ein eigenes Arbeitszimmer ist heutzutage wohl sehr selten geworden, ich werde wohl nie ein eigenes bekommen. Vater hielt seine Unterlagen sehr in Ordnung, das kommt mir nun zugute, ich muss nicht alles durchlesen. Er war ganz von alter Schule, er glaubte an Recht und Ordnung. Journalisten waren ihm suspekt, für ihn waren sie auf Sensationen aus und wollten Aufsehen erregen. Ich glaube an Aufklärung, an Information, er wollte das nicht verstehen. In einer Welt, wo seit Anfang des 21. Jahrhundert alternative Fakten erdacht wurden und begannen Wahrheiten zu verdrängen, und als man begann Informationen zu Manipulationen und Machtmissbrauch zu verwenden, da gewannen Recht und Ordnung eine Scheinexistenz und er wollte das nicht merken. Jenseits von erkennbaren Straftaten können nur Journalisten das Netz von Täuschung und Lüge entwirren, daran möchte ich arbeiten. Er konnte und wollte das nicht verstehen.

Da ist ein Bündel Briefe, Relikte aus längst vergangenen Zeiten, ich werde sie an mich nehmen und später einmal lesen. Für seinen PC und sein Smartphone habe ich die Zugangsdaten nicht. Der PC kommt mit in das Lager, das Smartphone stecke ich ebenfalls ein. Da ist der Bankordner, ein so großes Aktiendepot habe ich nicht erwartet, die Eltern haben immer bescheiden gelebt, was mache ich nur mit so viel Geld? Alles, was ich ins Hotelzimmer in Frankfurt mitnehme, packe ich in die beiden Koffer, die im Schlafzimmer neben dem Schrank stehen. Von den Akten werde ich nichts aussortieren, die kommen zunächst auch alle ins Depot. Es ist spät geworden, die

Betten möchte ich nicht benutzen, ich werde auf der Couch im Wohnzimmer schlafen.

Nun frühstücke ich zum ersten Male allein in dieser Küche. Es ist deprimierend und ich fühle mich sehr einsam. Ich muss mich ablenken, am besten, ich bringe die Koffer erst einmal in mein Hotelzimmer. Danach werde ich in der Frankfurter Innenstadt zu Mittag essen. Die Fotoalben von Mama darf ich nicht vergessen, die müssen noch in die Koffer. Die Koffer sind sehr schwer geworden, für den Nahverkehr ist mir das zu schwierig, ich muss ein Taxi rufen.

Durch die beiden Koffer ist das triste Hotelzimmer noch trister geworden. Ich bin mir selbst im Wege, ich fühle mich leer und eine so nicht bekannte Traurigkeit macht mich antriebslos. Bis zum Mittagessen versuche ich noch zu schlafen.

Das ist nun die Frankfurter Altstadt, werde ich hier heimisch werden? In Berlin habe ich mich wohl gefühlt, Studium und das Volontariat, es war eine schöne Zeit. Die Freunde, mehr noch die Freundinnen werden mir fehlen. Einige Male war ich kurz davor mich zu binden, aber immer hatte ich das Gefühl, noch nicht die Richtige für ein ganzes Leben gefunden zu haben. Dort ist ein griechisches Restaurant, das kommt mir recht, einfach und gut, und wenn man die zugeteilte tägliche Ration abbuchen lässt und außerdem noch einen Geldbetrag drauflegt, bekommt man vielleicht sogar Fleisch. Ich habe richtig vermutet, das Essen war prima. Jetzt werde ich mich mit vollem Magen wieder in die elterliche Wohnung begeben, es wird wohl das letzte Mal. Nun sehe ich noch einmal alle Regale und Schubladen durch, das meiste kommt in den Abfallsack, einige Kleinigkeiten verstaue ich in der Einkaufstasche meiner Mutter und werde sie morgen mitnehmen. Im Vorratsschrank sind einige Flaschen guten Weins, eine davon öffne ich und setze mich vor den Fernsehschirm. Die Nachrichten kann man nur mit einigen Gläsern Wein verkraften. Jede Nachrichtensendung ist angefüllt mit dem Elend der Menschen, die keinen Lebensraum mehr haben. Das Meer holt sich immer mehr Land zurück. Der größte Teil der Menschheit hungert und ein anderer Teil verteidigt seine Privilegien. Und neben dieser Existenznot sind Propaganda und Lüge in die Berichterstattung eingezogen. Im Geiste sehe ich mich schon als Don

Quichotte gegen Windmühlenflügel kämpfen. Die Medien sind durchsetzt mit der profitablen Verbreitung von alternativen Fakten. Es wird ein schwerer Weg werden, sich davon freizuhalten. Ich habe mir diesen Beruf ausgesucht, zum Glück hängt meine Existenz nicht nur am Journalismus. Bevor ich die Wahrheit verleugne, kann ich in den Staatsdienst gehen oder mich als Verteidiger durchschlagen.

Eine Flasche Wein war wohl etwas zu viel, ich bin ja kaum Alkohol gewohnt, nun habe ich Kopfweh. Da ertönt die Türklingel, das müssen die Möbelpacker sein. Ich springe aus dem Bett und schlüpfe in meine Sachen, die auf dem Fußboden zerstreut herumliegen. Vor der Tür stehen in Latzhosen drei vierschrötige junge Männer und ein älterer, klein und spillerig. Nach Handschlag wende ich mich an den älteren und bitte die vier Männer zunächst ins Wohnzimmer. Dann erkläre ich, dass sämtliche Sachen, auch Akten und Bücher, in das Depot kommen sollen. Ausnahme, sage ich, seien die noch reichlich im Kühlschrank und in der Vorratskammer vorhandenen Lebensmittel, die sie, da Lebensmittel mittlerweile so knapp geworden seien, unter sich aufteilen könnten. Dann zeige ich dem älteren Mann die Plastiksäcke mit Wäsche und Kleidung, die im Schlafzimmer stehen. Ich sage ihm, dass diese Säcke gegen 18 Uhr von Leuten einer Altkleiderkammer abgeholt würden, dass sie sich aber alles, was sie brauchen könnten, aus den Säcken entnehmen könnten. Daraufhin gehe ich mit dem Alten zurück ins Wohnzimmer, wo die drei bulligen Burschen unschlüssig warten, gebe jedem das reichliche Trinkgeld von 50 Euro, wünsche frohes Schaffen und verdrücke mich erleichtert. Nun habe ich Zeit, schlendere zur U-Bahn, fahre in die Innenstadt und bummele bis zum Abend ziellos herum. Am frühen Abend gehe ich dann zum Hotel und zeitig zu Bett.

Ich stehe vor einem neuen Abschnitt in meinem Leben. Gestern bin ich schon an dem Medienzentrum vorbeigegangen. Der Riesenbau macht einen einschüchternden Eindruck. Drei Hochhaustürme sind über einige Etagen durch gläserne Flure verbunden. Ich konnte Personen von einem der Wolkenkratzer hoch oben zum anderen gehen sehen. Gleich hinter der Glasfront des Eingangsportals habe ich zwei Türhüter in einer Uniform entdeckt. Es hatte für mich den Anschein, dass der Eingang bewacht wurde.

Nun ist es so weit, heute gehe ich hinein. Sogleich werde ich von einem der Uniformierten gefragt, wo ich hinwolle. Ich sage, dass ich von Dr. Grundmann erwartet werde, und der Mann vom Eingang komplementiert mich zu einem Empfangszimmer. Dort tritt mir mit der Frage: „Was kann ich für Sie tun?", ein etwas älterer gutgekleideter Mann entgegen. Ich sage, dass ich zu Dr. Grundmann zu einem Vorstellungsgespräch geladen sei. Der Mann nimmt einen kleinen Sprechapparat zur Hand und fragt mich: „Ihr Name bitte?" Ich antworte „Wolfgang Rosenblum." Mein Gegenüber sieht mich forschend an und fragt: „Jude"? Ich bin verwundert und sage: „Nein, wieso fragen Sie?" Er grinst etwas und sagt wie nebenbei: „Das hat keine Bedeutung, Ihr Name klingt jüdisch." Danach meldet er mich bei Dr. Grundmann an und bittet einen der uniformierten Männer am Eingang mich zu Dr. Grundmann zu geleiten. Wir fahren zusammen bis zum 12ten Stock und gehen durch einen langen Gang. Eine Tür trägt eine polierte Messingplatte: Direktor Dr. Grundmann. Mein Begleiter klopft an, öffnet mir die Tür und lässt mich eintreten. Eine hübsche brünette Frau sitzt hinter einem Schreibtisch, steht auf, kommt mir entgegen und reicht mir die Hand. „Herr Rosenblum? Dr. Grundmann erwartet Sie." Sie öffnet eine Tür und sagt in den Raum: „Herr Direktor, Herr Rosenblum." Ich betrete einen großen Raum, dessen hinterer Teil von einem großen Schreibtisch ausgefüllt ist, auf dem sich mehreren Sichtschirme befinden. Ein Mann mit großem kahlem Schädel tritt mir entgegen, reicht mir die Hand und führt mich zu einer Sitzgruppe an der Fensterfront. Auf dem Tisch liegt ein kleiner Ordner, in dem sich anscheinend meine Unterlagen befinden. Es entsteht eine kleine Pause. Dr. Grundmann räuspert sich: „Sie kommen von den Alta-Medien? Es ist eine Gesellschaft der katholischen Kirche. Wie ich sehe, sind Sie religionslos. Warum haben Sie ihr Volontariat dort gemacht?" Ich finde das eine seltsame Eröffnung und erkläre ihm, dass ich auf Wunsch meines Vaters dorthin gegangen sei, da mein Vater mit dem Chefredakteur befreundet gewesen sei. Dr. Grundmann nickt verständnisvoll. „Sie sind Volljurist, haben Sie die Gesellschaft in dem

Polizeiverfahren vertreten"? Das kann ich nur verneinen und ich erkläre ihm, ich wäre mit Ermittlungen in dem Fall befasst und daher befangen gewesen. „Sie wissen, dass wir nur Verträge mit einem monatlichem Kündigungsrecht abschließen?" Das hatte ich schon erfahren und nicke nur. „Dann steht Ihrem Eintritt in unser Team nichts mehr im Wege, wann wollen Sie anfangen?" Das geht ja schnell, denke ich verwundert. Ich sage ihm, ich müsse mir erst eine Wohnung besorgen, und bitte, in der nächsten Woche anfangen zu dürfen. Er meint: „Ausgezeichnet", und erhebt sich. „Wenden Sie sich an unseren Hausmeister, er wird Sie zum Personalbüro bringen, Ihnen eine Schlüsselkarte aushändigen und Ihnen ein Büro zuweisen. Fragen Sie ihn auch, ob er eine Wohnung weiß, er ist immer gern behilflich." Damit reicht er mir die Hand und entlässt mich. Der Hausmeister, der Mann der mich am Eingang befragt hatte, nimmt mich an der Fahrstuhltür in Empfang und grinst freundlich: „Haben Sie die Musterung gut überstanden? Das Personalbüro ist im zweiten Stock, gleich am Fahrstuhl, ein Büro für Sie ist morgen fertig." Ich sage ihm, Dr. Grundmann hätte gemeint, ich könne fragen, ob er für mich ein Zimmer wüsste. Der Hausmeister denkt kurz nach, dann schreibt er etwas auf einen Zettel und gibt ihn mir. „Sagen Sie dort, Herr Batschic schickt Sie." Ich bedanke mich und begebe mich in das Personalbüro. Das Personalbüro ist ein großer Saal mit vier Reihen von Schreibtischen. Hier bekomme ich vor Augen geführt, wie riesig dieser Medienkonzern ist. Gleich von der Tür aus sehe ich, dass die Dame, die ich im Vorzimmer von Dr. Grundmann gesehen habe, schon mit meinen Unterlagen heruntergekommen und im Gespräch mit einer Dame hinter einem Sichtschirm ist. Ein Drucker spukt Formulare aus, ich werde gebeten sie durchzulesen und zu unterschreiben. Dann reicht mir die Dame aus dem oberen Stockwerk eine Plastikkarte und sagt: „Das ist nun Ihre Legitimation und der Schlüssel für Ihr Büro, Stockwerk und Zimmernummer sind aufgedruckt, willkommen in unseren Reihen." Ich bin beeindruckt, wie einfach alles in diesem Riesenbau zu laufen scheint. Beim Verlassen des Hauses nicken mir die beiden Uniformträger am Eingang grüßend zu.

Ich gehe eine Kleinigkeit essen und begebe mich zu der Adresse auf dem Zettel, den ich vom Hausmeister bekommen habe. Es ist eine Straße nahe der Innenstadt. Das 5-stöckige Haus macht einen gepflegten Eindruck. Nach meinem Klingeln dauert es eine Weile, dann summt es und ich kann die Haustür aufstoßen. Im Flur öffnet sich eine Tür und eine ältere Frau fragt, was ich wolle. Ich sage, dass mich Herr Batschic geschickt habe, darauf öffnet sie die Tür ganz und bittet mich hinein. Im Wohnzimmer sitzt ein korpulenter Mann im Unterhemd und Hosenträgern vor einem laufenden Film und schaut mir grußlos entgegen. Ich sage nochmals, dass mich Herr Batschic geschickt habe und ich ein Zimmer suche. Ächzend erhebt sich der Mann aus seinem Sessel und sagt nur: „Kommen Sie." Er geht zurück in den Flur zum Fahrstuhl. Wir fahren in den 4. Stock und laufen dort einige Schritte den Gang entlang. Dort öffnet er eine Tür und lässt mich eintreten. Es ist ein sehr schönes modernes Zimmer mit einer Sitzecke, einem Schreibtisch und einem Fernseher. Es gibt einen Durchgang in eine kleine Küche und durch eine offene Tür sehe ich in ein gepflegtes Bad, alles viel besser, als ich es mir vorgestellt habe, da in der heutigen Zeit alle Menschen sehr eingeengt leben müssen. Zögernd meine ich: „Sehr schön, aber ich weiß nicht, ob ich mir das leisten kann." Der Mann brummt: „Die Hälfte trägt der Konzern, machen Sie das mit meiner Frau ab." Im Parterre empfängt uns die Frau, die mir geöffnet hatte, und bittet mich in ein kleines Büro. Die Konditionen für das Zimmer sind sehr günstig, ich unterschreibe und bekomme die Schlüssel. Anschließend begebe ich mich zu meinem Hotel, begleiche meine Rechnung und bringe meine Sachen in das neue Zimmer. Durch die beiden Koffer und die Tasche aus der Wohnung meiner Eltern lege ich den Weg zwischen Hotel und meiner neuen Wohnung dreimal zurück.

Am folgenden Montag laufe ich zeitig zum Medienzentrum. Als ich die Portiersloge betrete, sind dort einige junge stämmige Männer in einer Art Uniform, wie sie die beiden am Eingang tragen. Der Hausmeister kommt mir entgegen und ich bedanke mich für die Adresse der Wohnung. Dann sage ich ihm, ich hätte nachgeforscht und er hätte Recht mit meinem Namen, mein Urgroßvater, ein Oberleutnant des Ersten Weltkrieges, wäre Jude gewesen.

Dass mein Großvater im hohen Alter in Auschwitz ermordet wurde, verschweige ich ihm aus einem unbestimmten Gefühl. Herr Batschic lacht freundlich: „Sehen Sie, Lebenserfahrung, na, dann wünsche ich Ihnen einen schönen Berufsanfang, frohes Schaffen." Im Fahrstuhl nehme ich die Plastikkarte und präge mir nochmals die Zimmernummer ein, obwohl ich das in den vergangenen Tagen schon einige Male getan habe. Vor meinem zukünftigen Büro haben sich Kollegen versammelt und begrüßen mich vielstimmig. Ein junger Mann öffnet eine Flasche Sekt, Gläser kommen zum Vorschein und man prostet mir zu und stellt sich vor. Nun erscheint auch Dr. Grundmann und heißt mich willkommen. Ich werfe kurz einen Blick in meinen neuen Arbeitsraum, dann gehen wir gemeinsam in ein Sitzungszimmer. Die Kollegen werden nun noch einmal einzeln mit ihren Tätigkeitsbereichen vorgestellt. Mir wird klar, dass Dr. Grundmann nur eine kleine Gruppe innerhalb dieses riesigen Unternehmens leitet. Ich erfahre, mit welchen Kollegen ich näher zusammenarbeiten werde. Für den Anfang soll ich Nachrichten zur Sendung aussu-chen, gegenchecken und vorbereiten. Dr.

Grundmann sagt, dass ich im Wesentlichen auf zwei Schienen fahren müsse, auf meiner journalistischen Professionalität und auf Beachtung der Grundsätze der allgemeinen Berichterstattung, die in der medialen Öffentlichkeit verwurzelt wären. Auf meinen zaghaften Einwand, ob es in der heutigen Zeit nicht sehr auf den Wahrheitsgehalt einer Nachricht ankäme, antwortet er lächelnd, Wahrheit wäre eher eine philosophische Frage, die Stichhaltigkeit von Fakten fielen in die journalistische Professionalität. Ich bin etwas verwirrt, schweige aber.

Eine der Kolleginnen fällt mir besonders auf, einmal durch ihre Erscheinung, zum anderen durch kurze fundierte Äußerungen. Sie scheint meinen bewundernden Blick bemerkt zu haben. Einen kurzen Moment schaut sie mich forschend an. Ich bekomme Herzklopfen und wende meine Augen ab. Die Besprechung dauert den ganzen Vormittag. Ich sehe noch mehrmals zu ihr hinüber, aber unsere Blicke begegnen sich nicht ein zweites Mal. Als wir den Sitzungssaal verlassen, gehe ich wenige Schritte hinter dieser Frau. Ich beschleunigte etwas und trete neben sie. „Gestatten Sie einem Anfänger eine Frage“, spreche ich sie an. „die Einlassung über die Wahrheit hat mich verwirrt. Wenn Wahrheit nur Philosophie ist, wozu sind wir dann Journalisten?" Sie blickt mich abweisend an: „Am Anfang sollte man nicht jedes Missverständnis so ernst nehmen." Damit wendet sie sich ab und geht weiter. Es ist wie eine kalte Dusche, ich fühle mich unbehaglich und dumm. Habe ich gleich zu Beginn gepatzt und in ein Fettnäpfchen getreten? In meinem Büro denke ich noch darüber nach. Diese Begegnung hat mich bis ins Innerste aufgerührt.

Vor dem Monitor meines Rechners liegt ein Zettel mit den Zugangsdaten. Ich starte den PC und probiere ihn etwas aus. Es wird Zeit für ein Mittagessen, ich schließe meinen Arbeitsraum und frage mich zur Kantine durch. Die Kantine erstreckt sich über zwei Stockwerke, ein riesiger mit Geräuschen angefüllter Saal mit mehreren Essensausgaben. An der Essensausgabe schiebe ich meine Kennkarte in einen Schlitz, dann kann ich mir an einer langen Theke mein Essen aussuchen. Zwischen den Tischen sind kleine Raumteiler, auf denen in Reichweite etwas abgestellt werden kann. Um jeden Tisch sind, soweit ich sehen kann, je acht gepolsterte Stühle. Ich wähle mein Essen und setze mich an einen leeren Tisch. Während ich esse, setzen sich noch eine Frau und ein Mann an meinen Tisch, aber sie beachten mich nicht. Am Nachmittag, Arbeit ist mir noch nicht zugewiesen, versuche ich mich mit dem Computerprogramm vertraut zu machen. Gegen 14.30 Uhr klopft es und Dr. Grundmann kommt in mein Büro. Er sagt mir, dass wir überwiegend über das hauseigene Netz kommunizieren würden, und bittet mich den Pin-Code sogleich zu ändern und auf jeden Fall den PC abends herunterzufahren. Er zeigt mir, wie ich ein Verzeichnis sämtlicher interner Netzverbindungen aufrufen kann. Er versucht noch ein wenig private Kommunikation und erzählt, dass er einmal einem Prozess, den mein Vater führte, beigewohnt habe. Als er gegangen ist, erscheint auf meinen Monitor ein freundliches Gesicht: „Hallo, wir wurden uns schon vorgestellt, aber das rauscht am ersten Tag vorbei, ich bin Gerd Brunner, also Gerd für dich. Wenn du möchtest, können wir abends einmal an Land gehen, um uns besser kennenzulernen. Bei Gelegenheit kann ich dich auch einmal durch das ganze Haus führen, ich weiß bestens Bescheid. Melde dich, wenn es dir einmal passt, tschüss." Das Bild wechselt in den Pausenmodus.

Als ich bei Dienstschluss das Haus verlasse, sehe ich in einiger Entfernung vom Eingang die Frau, die mich nach der Sitzung abblitzen ließ, wartend stehen. Sie kommt auf mich zu und lächelt mich an: „Herr Rosenblum, ich will mich für mein Betragen bei Ihnen entschuldigen, ich konnte nicht frei sprechen, die Wände dort haben Ohren. Haben Sie Zeit für eine Tasse Kaffee, gleich um die Ecke ist ein nettes Café." Ihren Namen habe ich mir, da sie mir gleich bei der Konferenz aufgefallen war, gut gemerkt, Gudrun Kelch-Wollstett, und nun, wo sie mich so nett anredet, bekomme ich wieder einen erhöhten Herzschlag. Gleichzeitig steigen Zweifel in mir hoch, hat diese sympathische Frau vielleicht einen psychischen Defekt, so etwas wie einen Verfolgungswahn? Wir setzen uns an einen leeren Tisch und bestellen zwei Kaffee. Sie sagt mit einem Lächeln: „Sie finden das seltsam, ich sehe es Ihrem Gesicht an, ich kann es aber erklären." Nun

setzt sich ein Mann an den Nebentisch, ich bemerke einen kurzen Blick meiner Kollegin, dann sagt sie, dass sie noch Lust auf ein wenig Bewegung habe. Wir brechen auf, im Hinausgehen bezahle ich noch unseren Kaffee, ich hatte meinen nicht einmal ausgetrunken. Sie sagt: „In der Nähe ist ein Park, dort kann man besser reden." Mir geht diese Geheimnistuerei auf die   Nerven.
Hätte ich sie nicht so anziehend gefunden, ich hätte sie stehen lassen. Wir gehen schweigend, in meinem Kopf herrscht ein Gedankenwirrwarr. Als wir im Park sind, sage ich: „Ich kann mir keinen Grund vorstellen, nicht klar die eigene Meinung zu äußern, und aus welchem Grund sollte im Mediengebäude abgehört werden? Wir sind zwar in schwierigen Zeiten, aber wir leben in einem Rechtsstaat." Wir haben uns auf einer Bank niedergelassen. Frau Kelch-Wollstett schaut beim Sprechen immer wieder um sich. „Es hört sich abenteuerlich an, aber auch in unserem Zentrum sind Verschwörer zugange. Sie bereiten einen Umsturz vor, sie schrecken vor nichts zurück. Zwei Journalistinnen, die für die Rechte von Minderheiten eintraten, wurden unabhängig voneinander innerhalb einer

Woche von Unbekannten erschossen. Ein Mitglied des Personalrats ist spurlos verschwunden. Ein Kollege von uns, Hans Vollmar, hatte einen Bericht über ein Treffen von Industriellen mit Rechtsradikalen verfasst. Als der Bericht gesendet wurde, war nur noch von Führungskräften der Industrie die Rede. Hans beschwerte sich und machte eine Anzeige. Am Tage darauf wurde er morgens in der eigenen Wohnung krankenhausreif geschlagen. Als er nach Tagen ansprechbar war, konnte er sich an keinen seiner Angreifer erinnern. Sein Büro ist seit der Zeit verwaist. Ist es nicht seltsam, wie viele Hilfskräfte mit ihrem uniformähnlichen Outfit unser Hausmeister beschäftigt? Es sollen Techniker sein, sie sehen aber eher wie Schläger aus. Ich fand heraus, dass unsere Fahrstühle alle für die Stockwerke 01 und 02 gesperrt sind. Als ich mit einem Fahrstuhl vom Erdgeschoss hochfahren wollte, kamen mehrere Leute des Hausmeisters von unten hochgefahren. Als ich Dr. Grundmann danach fragte, erhielt ich zur Antwort, dort wären die Haustechnik und die Server untergebracht. Ich sagte Herrn Batschic, ich hätte technische Interessen und wolle gerne unsere Server einmal ansehen. Er antwortete fast böse, die Räume könnten aus Sicherheitsgründen nicht betreten werden. Seit der Zeit ist er für meinen Charme nicht mehr zugänglich und einige unserer Kollegen haben sich im Verhalten mir gegenüber geändert." Fast hektisch hat sie mir das alles mit leiser Stimme ohne Pause erzählt, ihr Gesicht ist leicht gerötet. Fragend sieht sie mich an, blickt sich um und sagt dann mit fester Stimme: „Wir gehen jetzt besser. Halte die Augen offen und bilde dir selbst eine Meinung." Am Ausgang des Parks trennen wir uns.

Gleich am folgenden Tag kontaktiere ich sie am PC über unsere interne Leitung. Sie tut so, als hätten wir uns noch nie gesprochen, und macht Smalltalk, ich gehe darauf ein und beende den Kontakt. Ich möchte sie wiedersehen, obgleich mir ihre Erzählungen suspekt sind. Ich konzentriere mich auf meine Arbeit. Wie in einem Moor versinkt man in Meldungen, die den ganzen Schrecken der strapazierten Welt spiegeln, bei Bildreportagen darf ich nicht genau hinsehen, sonst werde ich depressiv. Hier in der Mitte von Europa leben wir noch auf einer Insel der Seligen, deren Existenz von grausamer Gewalt an den Grenzen gesichert wird. Die Anstrengungen, den Ansturm Entwurzelter aufzuhalten, sind nur teilweise erfolgreich. Die Bevölkerungsdichte wächst und der Nahrungsmangel wird trotz der Rationierung immer deutlicher. Nicht immer sind die elektronisch zugeteilten Nahrungsmittel in den Geschäften vorhanden. Frisches Gemüse und Fleisch bekommt man oft nur zu Schwarzmarktpreisen. Es fällt mir schwer, einen vernünftigen Text zusammenzustellen, immer wieder entgleiten mir meine Gedanken zu dem, was mir Gudrun, wie ich sie schon vertraut in Gedanken nenne, erzählt hat. Da erscheint das Gesicht von Gerd Brunner auf dem Monitor: „Hallo Wolfgang, hast du Lust auf einen gemeinsamen Abend? Ich kann uns etwas zum Essen machen, eine Flasche Wein steht auch bereit, wie steht es?" Ich denke, prima, das wird mich ablenken, und sage zu. Gerd gibt mir seine Adresse und ich drucke sie vorsichtshalber aus. Abends gehe ich zu Gerd, was soll man da mitnehmen, natürlich eine Flasche Wein, ich nehme einen teuren Wein, teurer als ich für mich selbst gekauft hätte. Ich staune über Gerds Wohnung, solche Wohnungen sind kaum zu bekommen. Ich habe mir das aufwändige Zimmer, das mir Herr Batschic vermittelt hat, nur in Anbetracht meiner reichen Erbschaft gegönnt. Als ich Gerd bewundernd darauf anspreche, sagt er mir, ich solle mich recht gut mit Herrn Batschic stellen, der mache manches möglich. Gerd macht mich mit seiner Lebensgefährtin bekannt, der Tisch ist aber nur für Zwei gedeckt. Gerds Lebensgefährtin entschuldigt sich, sie hätte uns etwas vorbereitet, sie müsse leider zu einer Verabredung. Auf dem Tisch stehen eine leckere Käseplatte und ein Korb mit zwei Baguettes. Gerd geht kurz hinaus und holt den Wein. Als wir uns zugeprostet haben, meint er: „Das mit der Wahrheit hat mir gefallen, keiner traut sich mehr ehrlich zu sagen, dass unser Land zugrunde gerichtet wird. Patrioten müssen zusammenhalten, die Grenzen dicht, sonst ist es aus mit dem kulturellen Erbe.“ Ich bin bestürzt, dass ich so falsch verstanden wurde. Ich sage ihm, dass ich die Wahrheit für etwas Subjektives halte und nicht an eine objektive Wahrheit glaube. Er sagt: „Na klar, alles ist Überzeugung, trinken wir darauf.“ Ich merke, wir werden aneinander vorbeireden oder es wird zu Missstimmungen kommen.

Ich versuche, das Thema zu wechseln, und frage ihn, ob er Frau Kelch-Wollstett näher kennt. Gerd sagt: „Lass dich von der hübschen Larve nicht täuschen, sie ist unzuverlässig und linkslastig. Wäre Grundmann nicht so ein Laumann, hätte er sie schon längst rausgeschmissen. Batschic hat so einiges mitgekriegt und mich vor ihr gewarnt." Ich lasse mir nichts anmerken und bringe unser Gespräch auf den indisch-chinesischen Krieg. Dieses Thema scheint Gerd aber nicht sonderlich zu interessieren. „Warum ich dich eigentlich eingeladen habe", sagt er dann plötzlich, „ich habe gehört, dass dich Grundmann nach Brüssel schicken will, mir vertraut er nicht. Ich kann dich dort mit wichtigen Leuten zusammenbringen. Ich habe die Adressen aufgeschrieben, steck den Zettel gut weg." Er steht auf, verlässt kurz das Zimmer und reicht mir, als er zurückkommt, einen kleinen eng beschriebenen Zettel. „Sage dort, dass dich Herr Batschic schickt, dann wirst du gefragt, ob er schon wieder aus dem Urlaub zurück ist, dann sage, er wartet auf seinen Flug." Ich bin überrumpelt, weiß nicht, wie ich mich verhalten soll, und stecke den Zettel ein. Dann frage ich: „Wer sind diese Leute?

Warum diese Heimlichtuerei?" Gerd sagt darauf, dass es aufrechte Patrioten seien, die aber aus strategischen Gründen verdeckt arbeiten müssten. Lächelnd meint er: „Du kannst sicher sein, dass ich dich nicht in etwas Unrechtes hineinziehe." Als die Weinflasche leer ist, öffnet Gerd noch die Flasche, die ich mitgebracht habe. Dann kommt Gerds Lebensgefährtin zurück und leistet uns Gesellschaft. Durch das vorangegangene Gespräch mit Gerd finde ich nicht zu meiner Unbefangenheit zurück und verabschiede mich nach kurzer Zeit. Auf dem Heimweg ärgere ich mich, einmal darüber, dass Gerd meint, mich so einfach einspannen zu können, zum anderen darüber, dass ich aus Überraschung so defensiv reagiert habe. Es war einfach eine dumme Frechheit, ich werde ihn auf Abstand halten müssen. Von ihm zu erfahren, dass ich nach Brüssel entsandt werde, war eher eine positive Neuigkeit, außer dass ich es auf diesem Wege erfuhr.

Morgens werde ich gleich zu Dr. Grundmann gerufen, der mich bittet, als Beobachter an der Welternährungskonferenz in Brüssel teilzunehmen, ein Übertragungsbus und ein technisches Team ständen mir dabei zur Verfügung. Zurück in meinem

Zimmer rufe ich über meinen PC Frau Kelch- Wollstett an und sage ihr, ich möchte sie sehr gern kennenlernen und zu einem abendlichen Glas Wein einladen. Frau Kelch-Wollstett ist anscheinend überrascht und meint, sie wolle es sich überlegen. Nach zwei Tagen in der Redaktion kommt noch keine Nachricht von ihr, also mache ich ihre Privatadresse ausfindig und schreibe ihr einen altmodischen Brief. „Liebe Frau Kelch-Wollstett“, schreibe ich, „es liegt mir fern, Sie mit meiner Gefühlswelt zu überfallen, aber ich möchte Sie wiedersehen, bitte geben Sie mir eine Nachricht.“ Schon nach zwei Tagen liegt abends vor meiner Wohnungstür ein Brief von der Deutschen Bank. Als ich ihn verwundert öffne, ist darin das Antwortschreiben von Frau Kelch-Wollstett. „Lieber Herr Rosenblum“, schreibt sie, „den Brief lasse ich von einem Bekannten der Bank absenden, um Ihnen keine Schwierigkeiten zu bereiten. Ich möchte Sie auch gern wiedersehen! Ich werde Samstag um 15 Uhr am Haupteingang zum Tierpark auf Sie warten, achten Sie darauf, dass Ihnen niemand folgt. Ich freue mich auf unser Treffen.“ Die Nachricht hat mich sehr erleichtert. Es freut mich, dass wir uns schon Samstag sehen können. Die Zeit wurde mir schon zu knapp, weil ich mich doch schon am kommenden Montag auf den geplanten Trip nach Brüssel begeben muss. Ich sehne mich dem Samstagnachmittag entgegen.

Als es endlich so weit ist, fahre ich mit dem Taxi zum Tierpark. Unterwegs geraten wir in einen Stau. Eine Kolonne von jungen Männern in blauen Uniformen marschiert mit Marschmusik und Fahnen mitten auf der Fahrbahn und Polizisten sperren den Verkehr ab. Ich komme etwas zu spät und sehe sie nicht gleich. Schon bekomme ich einen Schreck, ist sie bereits gegangen? Dann entdecke ich sie, sie hat sich am Eingang hinter einen Pfeiler gestellt. Mich beglückt ein strahlendes Lächeln, als sie mir die Hand reicht. Eintrittskarten hat sie schon besorgt und wir gehen gleich an dem Automaten vorbei. Der Park ist weitläufig, und obwohl es Samstagnachmittag ist, sind nur wenige Besucher im Park, meist Mütter mit kleinen Kindern und vereinzelnd ganze Familien. Blaue Uniformen sind hier nicht auszumachen. Ich bin glücklich, als sie mir das Du anbietet. Als ich sie bitte, diese Heimlichtuerei zu beenden, meint sie, es wäre zu meiner Sicherheit, die Blauen hätten anscheinend ein Interesse an mir und sie hätte Angst mir zu schaden. Sie guckt etwas skeptisch, als ich ihr erkläre, sie würden sowieso feststellen, dass sie mit rechtem Nationalismus bei mir keine Chance haben, und berichte von dem Abend bei Gerd Brunner und seinem Werben. Als ich ihr auch erzähle, dass Gerd mir schon an diesem Abend von einer bevorstehenden Reise nach Brüssel berichtet hätte, die mir Dr. Grundmann tags darauf angeboten hat, meint sie: „Hoffentlich ist das keine Falle. Grundmann ist zwar kein Radikaler, er hat aber große Angst und wagt nicht, ihnen etwas auszuschlagen.“ „Es sind gefährliche Zeiten“, räume ich ein, „aber ich möchte mich nicht aus Angst verstecken, das spielt ihnen in die Hände.“ Wir verabreden, nach meiner Rückkehr aus Brüssel gemeinsam in die Mensa zum Mittagessen zu gehen und uns nicht mehr zu verstecken. Es ist ein sehr schöner Nachmittag und anschließend darf ich sie in ihre Wohngemeinschaft begleiten. Dort wohnen noch drei andere Frauen und ein Mann. Obwohl wir wenig Gelegenheit zur Zweisamkeit haben, die Wohnung ist wie ein Taubenschlag, kommt es doch zu unseren ersten noch scheuen Zärtlichkeiten. Abends in meinem Bett habe ich noch immer das schöne Gesicht von Gudrun vor Augen.

Am Sonntag ist schlechtes Wetter, trotz zum Teil strömenden Regens gehe ich mehrere Stunden am Main spazieren und bin dann bis auf die Unterwäsche durchnässt. Nach einer warmen Dusche nehme ich eine angebrochene Flasche Wein und setze mich vor den Fernsehschirm. Kein guter Gedanke, nur Gewalt und Totschlag um den ganzen Erdball. Nach längerem Schalten durch die Kanäle lande ich bei einem Dartturnier und gehe dann früh zu Bett. Am Montag steht schon der Übertragungswagen am Haupteingang und in dem Wagen warten auf mich fünf Männer in blauen Uniformen. Zwei der Männer sagen, sie wären mir zum Filmen zugeteilt, zwei Männer sind Techniker und der andere der Fahrer. Nach der Begrüßung fahren wir gleich los. An den Gesprächen der „Blauen" nehme ich kaum teil und schaue aus dem Fenster in die vorüberziehende Landschaft. Vorwiegend reden meine Begleiter über Leute, die ich nicht kenne, und spotten über unsere Regierung. Nach meinem Gefühl dauert die Fahrt länger, als ich erwartet habe, es sind wohl die vielen baulichen Maßnahmen, die man in letzter Zeit durch den Anstieg der Meere durchführen musste. Auch Brüssel scheint vom Wasser umflossen, jedenfalls sehe ich vor der Stadt sehr große eingedämmte Wasserflächen. Ersten Halt machen wir vor einer Art Kaserne der Blauuniformierten, wo meine Begleiter herzlich begrüßt werden. Nach kurzem Aufenthalt bringt mich der Fahrer zu einem Hotel in der Innenstadt. Ich bekomme eine Nummer, die ich anrufen könnte, wenn ich Aufnahmegeräte, technische Assistenz und Kameras brauche. Im Hotelzimmer bin ich froh, die blauen Kameraden erst einmal los zu sein. Dann nehme ich das Telefon, rufe Gudrun an und sage ihr, dass ich gut in Brüssel angekommen bin.

Nach einem kurzen Gespräch bestelle ich ein Taxi, um mich zum Pressezentrum des Europarates fahren zu lassen. Dort werde ich nach meiner Anmeldung bei der Ankunft von einem Herrn Le Clerc in Empfang genommen. In seinem Büro gehen wir zusammen die festen Termine durch, die für mich verabredet wurden. Der heutige Tag ist noch frei von Terminen und so habe ich Muße mir Brüssel anzusehen.

Das Angebot von Herrn Le Clerc, für mich einen Wagen zu bestellen, der mich durch Brüssel fahren könne, lehne ich ab mit dem Hinweis, ich wolle lieber ungebunden durch die Straßen schlendern, selbst wenn ich auf diese Weise viele Sehenswürdigkeiten verpassen würde. Daraufhin bestellt er mir ein Taxi, das mich zur Innenstadt bringen soll, und sagt: „Der Weg zur Innenstadt ist uninteressant und schwierig." Wir treffen Verabredungen für den folgenden Tag und trennen uns. Im Taxi fahren wir an einer Versammlung von Blauuniformierten vorbei, jemand hält eine Rede, ich höre das Megafon, kann aber nichts verstehen. Der Taxifahrer meint, das werde immer schlimmer, als Zivilist traue man sich kaum noch auf die Straße und die Polizei schaue hilflos zu. Ich steige in der Innenstadt aus. In den schicken Straßen, in denen ein dichtes Gedränge von Fußgängern herrscht, sind dann aber meist Zivilpersonen, nur ab und zu sehe ich blaue Uniformen. Dabei fällt mir auf, dass blaue Uniformen nie einzeln auftreten, es gibt sie nur in Gruppen, mindestens sind es zwei. Die Schaufenster der Geschäfte sind mit Waren gefüllt, so als ob kein Mangel herrsche. Anscheinend gibt es hier alles noch zu kaufen, doch ein Blick auf die Preise belehrt mich, dass hier die Kluft zwischen Mittellosen und Besitzenden wohl noch größer als in Frankfurt ist. In einem feinen Restaurant kann ich sogar, ohne das Lebensmittelguthaben auf meinem Smartphone anzugreifen, zu Mittag essen. Allerdings sind für ein Menü und ein Glas Rotwein 462 Euro fällig. Mir ist das peinlich, denn mir ist bewusst, dass das Personal dieses Geld in einer Woche ausgezahlt bekommt, und ich gebe darauf noch einmal 38 Euro Trinkgeld. Mit meinem Presseausweis kann ich mich auch im Parlamentsgebäude und im Regierungspalast umsehen, allerdings ist das alles so weitläufig und ohne Führung fast sinnlos, aber ich habe keine Lust, mich einer Führung unterzuordnen. Danach frage ich mich zum Rathaus durch, und nachdem ich dessen prächtige Fassade bewundert habe, sehne ich mich nach Ruhe. Ein Taxistand ist leicht zu finden und ich lasse mich zum Hotel bringen. Am Empfang wird mir gesagt, dass zwei Herren auf mich in der Lounge warten. Die Männer weisen sich als Polizisten aus und bitten, einem Gespräch in meinem Zimmer zuzustimmen. Zuerst überprüfen sie meine

Ausweise, dann sagen sie, dass sie keine Berechtigung dazu hätten, ob ich aber einverstanden wäre, wenn sie sich in meinem Zimmer einmal umsehen. Nachdem sie sich gründlich umgeschaut haben, fragt mich einer, ob ich bewaffnet sei. Als ich verneine, bittet er mich, meine Jacke zu öffnen. Danach entschuldigen sich beide, sie wären wohl falschen Hinweisen gefolgt. Sie bedanken sich für mein nachsichtiges Verhalten und verabschieden sich mit Handschlag. Ich rufe zum zweiten Male Gudrun an und habe mit ihr ein längeres Gespräch, danach gehe ich zu Bett.

Es folgt ein Tag mit interessanten Interview-Aufnahmen. Mein Technikerteam erweist sich als professionell, durch die gute Zusammenarbeit ist schnell meine Abneigung zu ihnen überwunden und unser Verhältnis entspannt sich. Gesprächspartner des Europaparlaments halten einen kommenden Bürgerkrieg und den Einsatz von NATO-Truppen im Inneren für möglich. Die Polizei wäre schon längst überfordert mit der Verfolgung von Straftaten in dem straff organisierten Milieu der extremen rechten Szene. Die Sicherheitsmaßnahmen zum Schutze des Parlaments wären nicht mehr ausreichend. Auch Vertreter der Regierung äußern sich in diese Richtung. Eine unheimliche und nervöse Spannung scheint über Europa zu liegen. Als ich höre, wie mein technisches Team untereinander darüber Witze macht, ist mein altes Misstrauen ihnen gegenüber sofort wieder hergestellt. Abends habe ich wieder ein langes Gespräch mit Gudrun, in dem ich ihr andeute, wie negativ die Einschätzung unter europäischen Parlamentariern ist. Sie äußert die Befürchtung, dass meine Aufnahmen, wenn sie zu viel Kritik an der ultrarechten Szene enthalten, nicht ungefiltert gesendet würden. Ich beruhige sie und versichere ihr, ich würde mich nicht einschüchtern lassen und für meine Unabhängigkeit kämpfen. Gudrun sagt sehr leise: „Wolfgang, ich habe ganz große Angst, es sind schon zu viele, die nicht mehr wagen sich gegen Gewalt aufzulehnen." Im Bett kann ich lange nicht einschlafen und denke über meine Termine für den kommenden Tag nach. Ich finde es sehr seltsam, dass hinter der Organisation der Blauuniformierten in der Öffentlichkeit keine Führungsstruktur sichtbar ist.

Heute beginnt die Welternährungskonferenz. Mein Übertragungswagen steht pünktlich vor dem Hotel. Zuerst gibt es einen kurzen Halt beim Pressezentrum des Europarates, Herr Le Clerc gibt mir eine Liste verabredeter Termine und einige gute Ratschläge zu den Personen, die ich treffen und interviewen werde. Beim Konferenzbezirk teilen wir uns auf. Zwei der Techniker begleiten mich mit der Kamera und zwei bleiben im Außengelände, um dort Stimmungen aufzufangen. Der Andrang der internationalen Presse ist gewaltig, aber die Konferenz scheint sehr gut organisiert und in vielen Presseräumen, die mit Übersetzungsanlagen ausgestattet sind, werden die Interviewpartner mit festen Terminen eingeplant. Während der Beratungen ist der große Sitzungsraum für die Presse tabu. Zwischen den einzelnen verabredeten Terminen bleibt kaum Zeit für ein Getränk und einen kurzen Imbiss.

Gegen Abend treffe ich dann die Europaministerin für innere Angelegenheiten. Neben Vorschlägen zur Ernährung und Unterbringung der stark angestiegenen Bevölkerung in Europa erhoffe ich von ihr auch eine Aussage über Maßnahmen gegen den steigenden Ausländerhass zu bekommen. Nachdem sie mich über Themen, die auf der Konferenz besprochen wurden, informiert hat, frage ich sie, ob der Regierung Informationen vorliegen, woher die Gelder stammen, mit denen die blauuniformierten Einheiten ausgestattet werden. Den Bruchteil einer Sekunde zucken ihre Augen, dann sagt sie charmant lächelnd, das wäre eine Frage, die mir wohl nur der Geheimdienst beantworten könne, und verabschiedet sich in Eile. Auf der Heimfahrt im Übertragungswagen schaut mich der Kameramann, der bei dem letzten Interview dabei war, gehässig an. Nach einer kleinen Abendmahlzeit klingelt in meinem Hotelzimmer das Telefon, und als ich mich melde, sagt eine Stimme: „Du mieser kleiner Schleimer, wir stopfen dir dein dreckiges Maul!" Ich brauche eine Spanne Zeit, bis ich so weit bin, dass ich Gudrun unbekümmert anrufen kann. Sie erzählt mir, dass sie eins meiner Interviews im Fernsehen gesehen hätte, ich hätte eine sehr gute Figur gemacht. Als sie mich fragt, ob ich nette Kollegen getroffen hätte, wird mir bewusst, dass ich bisher allein und isoliert gewesen bin, sogar im Hotel, wo zum Frühstück und auch in den Abendstunden ein reger Betrieb von Journalisten aus vielen Ländern geherrscht hat. Ich erkläre ihr, dass ich bisher keine Gelegenheit dazu gehabt habe und dass ich sie sehr vermisse. Bevor ich auflege, sage ich ihr noch, dass ich gleich zu Bett gehe und an sie denken werde.

Als ich mich am Morgen an einen freien Tisch im Frühstücksraum setze, kommt ein Kollege zu mir an den Tisch und fragt, ob er sich zu mir setzen kann. Er stellt sich als Robert Faschke aus Graz vor. Mit einem gewinnenden offenen Lachen und unverkennbarem Dialekt sagt er mir: „Die Kollegen haben dich bisher für einen Extremisten gehalten, du warst von Blauen umgeben, erst dein Interview hat unser Misstrauen überwunden. Setzen wir uns doch zusammen zu den anderen im nächsten Raum, hier gibt es zu viele blaue Uniformen." Wir gehen in einen Frühstücksraum auf der anderen Seite und werden laut von einer Gruppe bunt zusammengewürfelter Kollegen aus aller Welt begrüßt. Gleich bin ich mittendrin in Erörterungen über Politik und über Chancen, unsere zerstörte Welt zu retten. Es tut so gut, von Gleichgesinnten umgeben zu sein, aber ich muss fort zu dem nächsten Termin. Wir verabreden uns für den Abend.

Es erwartet mich gleich eine harte Nuss, Mr. Chan Lui, Umweltminister von China, ein kleines Männchen mit großer Brille. Ich versuche ihn auf eine konkrete Aussage festzulegen, aber er ist sehr geschickt in nichtssagenden Formulierungen. Mitten in unserem Gespräch hören wir störende Geräusche von außen, Trommeln, Böllerschüsse und Fetzen von Marschmusik. Nach Beendigung des Interviews eile ich zur Fensterfront am Eingang, um zu sehen, was das für ein Tumult ist. Vor dem Konferenzgelände ist ein großer Aufmarsch an blauen Uniformen auszumachen. Eine Kette von Polizisten versucht ein Eindringen auf das Gelände zu verhindern. Einer kleinen Gruppe von Demonstrierenden ist es schon gelungen die Absperrung zu durchbrechen, wo sie Feuerwerkskörper abbrennen. Sprechchöre schallen herüber, „Europa erwache, Ausländer raus, Europa den Europäern, fort mit dem Ausländerpack." Polizisten mit Helmen und Schutzschilden gehen mit Schlagstöcken gegen die Eindringlinge vor. Ich sehe, dass meine Techniker mit ihren blauen Uniformen samt Kamera von der Polizei verhaftet werden. Die Neugierigen an den Fenstern werden aufgefordert, zur

Sicherheit die Fensterfront zu verlassen und sich in das Innere der Gebäude zu begeben. Die Unruhe vor dem Kongressgebäude dauert den ganzen Vormittag. An ein geregeltes Arbeiten ist nicht mehr zu denken. Den Nachmittag verwende ich damit, meine verhafteten Techniker aus Polizeigewahrsam freizubekommen, was mir erst gegen Abend mit Hilfe der Kongressorganisation gelingt.

Abends ist dann im neu gefundenen Kollegenkreis die Störung des Kongresses ein zentraler Gesprächspunkt. Ich frage in den Kreis, ob einer der Anwesenden Informationen über die Befehlsstruktur der Blauen hätte, denn es sei doch sicher eine straff geführte Organisation. Es ist beängstigend, dass sogar sonst gut informierte Journalisten aus aller Welt nur Vermutungen äußern können. Sicher ist man sich nur darin, dass diese Organisation tief in die bestehende Gesellschaft bis in die Regierung hinein gewuchert ist. Man ist sich auch einig darüber, dass nicht alle Anhänger dieser Ideologie blaue Uniformen in der Öffentlichkeit tragen würden. Meine zweite Frage, ob jemand etwas über die Finanzierung dieser Gruppe wüsste, denn

Organisation und Ausrüstung müssten doch enorme Kosten verursachen, kann auch keiner der Anwesenden beantworten. Ein dunkelhäutiger Mann mit grauen Haaren nimmt mich zur Seite und flüstert mir zu, er würde in der Öffentlichkeit nicht zu der Aussage stehen, doch er habe sichere Anzeichen, dass viele Gelder über die Vereinigten Afrikanische Staaten kämen und über Lieferungen von Wasserstoff nach Europa verschleiert würden. Das ginge aber nur über höchste Regierungsstellen. Er rät mir, die Finger davon zu lassen, wenn ich weiterleben wolle. Robert Faschke tritt zu uns und sagt: „Ist eine Verschwörung von Afrika mit Europa zugange?“ Der Afrikaner zuckt zusammen und sagt: „Ich interessiere mich für Möglichkeiten in Frankfurt zu arbeiten und habe mich nach Voraussetzungen erkundigt.“

An diesem Abend wird es spät, trotzdem rufe ich Gudrun noch an und berichte ihr von den Vorkommnissen dieses Tages, bemüht alles in einem harmlosen Zusammenhang zu schildern, denn ich gehe davon aus, dass auch Telefone überwacht werden. Nun liege ich im Bett und kann nicht schlafen. Vater zuliebe habe ich Jura studiert, aber ich wollte mehr als Rechtsnormen erfüllen, ich wollte aufklären, durch wahrhaftige Informationen den Menschen einen Weg zu selbstbestimmtem Leben aufzeigen. Ich muss an die Worte des Afrikaners denken, „Wenn du leben willst…" Ich will leben! Ich möchte mit Gudrun leben! Aber ich darf nicht wegsehen, wenn an der Zerstörung europäischer Werte gearbeitet wird, wenn die Demokratie in Gefahr ist und wenn aus dem Machtstreben einiger die Zerstörung unserer Erde fortgeführt wird. Ich muss mit Gudrun reden, es geht nicht nur um mich, es geht um eine gemeinsame Zukunft, so oder so, ob ich nun meiner journalistischen Pflicht nachkomme oder ob ich wie die meisten aus Angst kneife. Was nützen Konferenzen, um das Leid auf dieser Erde zu lindern, wenn gleichzeitig daran gearbeitet wird, unsere freiheitliche Ordnung zu zerstören? Aber was weiß ich schon über Ziele und Absichten dieser Leute, die sich abgrenzen und die humanitären Bestrebungen, das unendliche Elend auf Teilen dieser Erde zu lindern, nicht unterstützen. Ich muss mehr erfahren, ich muss die Hintermänner aufdecken. Sie haben eine gefährliche Doppelstrategie. Einerseits haben sie durch Geldgier, Angst und Terror eine Mauer des Schweigens errichtet, andererseits versuchen sie mit ihren Aufmärschen in Uniform eine zahlenmäßige Überlegenheit zu demonstrieren. Ich muss schlafen, morgen stehe ich wieder vor der Kamera.

Das Frühstück in Gesellschaft lässt meine quälenden Gedanken aus der Nacht vergessen, obwohl die fröhliche Ausgelassenheit etwas aufgesetzt ist, man kann es auch als ein trotziges Dennoch interpretieren. Wie es auch sei, mir tut es gut. Die Liste der Termine, die ich heute von Herrn Le Clerc erhalte, ist nicht so lang wie an den ersten beiden Tagen, wichtig ist die Abschlusserklärung mit Kommentaren wichtiger Persönlichkeiten. Nun beginnt das Warten darauf, auf was sich die Staaten einigen konnten und was dann in der Abschlusserklärung seinen Niederschlag findet. Ich habe Lust, mir das Warten abzukürzen, und versuche das Tagungsgelände zu verlassen. Leider bleibt das bei einem Versuch, denn die Polizeisperren sind verstärkt worden und es ist schwierig hinauszukommen, wieder hineinzukommen wird sicher noch schwieriger sein und so kehre ich um und gehe zurück in das Tagungsgebäude.

Nach erfolgter Unterzeichnung des Schlussprotokolls versinkt die Halle in einem großen Tumult. Das Ergebnis der Konferenz, das von dem Pressesprecher bekanntgegeben wird, ist zu überraschend. Die teilnehmenden Staaten verpflichteten sich sämtliche Grenzen zwischen den einzelnen Ländern abzubauen. Die Konferenz ist zu der Überzeugung gekommen, dass der Bedrohung der gesamten Menschheit nur durch solidarische Zusammenarbeit aller Menschen entgegengetreten werden kann. Alle Versuche, die Zerstörung des Lebensraums durch regionale Anstrengungen zu lösen, seien kläglich gescheitert.

Als ich in das Hotel zurückkomme, werde ich von meinen neuen Bekannten mit Jubel und übermütiger Feierlaune empfangen. Ich halte zuerst meine Ansichten über diesen überraschenden Schritt zurück und feiere mit ihnen. Als sich später die Ausgelassenheit in sachkundige Betrachtungen gewandelt hat, gebe ich zu bedenken, dass dieser Schritt, so richtig er ist, Öl auf die Mühlen der demokratiefeindlichen und rassistischen Gruppierungen sein wird. Im

Inneren Europas könne doch von gemeinsamem Handeln kaum die Rede sein. Auf einer Seite ständen organisierte und gewaltbereite Ideologen und auf der anderen Seite eine verängstigte und mutlose Mehrheit. Alles liefe auf eine gewaltsame Auseinandersetzung hinaus, deren Ausgang mich wenig optimistisch stimmen könne. Ich bemerke gleich, dass ich damit die Freude über das sicher begrüßenswerte Ergebnis der internationalen Konferenz abgetötet habe. Danach beraten wir nur noch, wie wir mit unserer journalistischen Arbeit Aufklärung über die Gefahren rechter Gewalt leisten können. Mitten in den interessanten Gesprächen spüre ich eine Unruhe und den Drang mich mit Gudrun zu besprechen. Ich entschuldige mich mit einem dringenden Telefongespräch und gehe auf mein Zimmer.

Gudrun sieht in dem Votum der Konferenz einen Lichtblick, teilt aber meine Auffassung, dass Europa dadurch einem Bürgerkrieg einen Schritt nähergekommen sei. Sie sagt, sie hätte sehr interessante Informationen für mich, die sie aber nicht telefonisch mitteilen könne. Ich erzähle ihr, wie sehr ich mich freue, morgen wieder bei ihr zu sein.

Es wird einmal wieder eine lange schlaflose Nacht mit einem Wechselbad von Gefühlen aus Sorgen, Angst und bedrückender Ausweglosigkeit, abgelöst von zärtlichen Gedanken an Gudrun und wieder Ratlosigkeit, wie eine gemeinsame Zukunft aussehen könnte. Gegen Morgen muss ich doch noch eingeschlummert sein, denn als ich munter werde, ist es schon nach acht Uhr. An der Rezeption wird mir ein Brief meines Technikerteams ausgehändigt. Als ich ihn mit Verwunderung öffne, lese ich: „Feinde der Bewegung haben bei uns keinen Platz." Ich muss nicht sehr geistreich ausgesehen haben, denn die Frau am Empfang sagt mir, die Techniker hätten vor einer Stunde den Brief abgegeben und wären abgefahren. Ich lasse mir ein Taxi kommen und fahre zum Bahnhof. Der nächste Zug nach Frankfurt fährt erst in zwei Stunden und ich habe Zeit, Gudrun anzurufen und ihr von diesem Vorfall zu erzählen, sie wird mich in Frankfurt am Bahnhof erwarten. Im Zug sind dann auch Blauuniformierte, die ungeniert mit lauten Stimmen auf das europäische Parlament schimpfen und auf die Vereinbarungen, die auf der Konferenz geschlossen wurden. Ich sehe es vielen Mitreisenden an, dass sie von dem Betragen der Blauen genervt sind, aber niemand hat die Courage, daran Anstoß zu nehmen, auch ich nicht. Ich bin froh, als der Zug in Frankfurt einläuft und ich ihn verlassen kann. Als ich auf dem Bahnsteig Gudrun in meine Arme schließen kann, ist für mich die Welt beinahe wieder in Ordnung.

Gemeinsam gehen wir zu meiner Wohnung. Vor meiner Wohnungstür steht mein gesamtes Gepäck und mein Schlüssel passt nicht mehr ins Schloss. Unten im Parterre erscheint der dicke Hauswart und grienst zu uns hinauf. Ich rufe: „Was soll das?! Ich habe einen Mietvertrag." Da brüllt es von unten herauf: „Hauen Sie ab, für Verräter ist in diesem Haus kein Platz!" Gudrun und ich nehmen gemeinsam meine Gepäckstücke, und als wir unten auf der Straße sind, beschließe ich, meine Sachen zu dem Hotel zu bringen, in dem ich bei meiner Ankunft in Frankfurt abgestiegen war. Ich bekomme ein Zimmer, die beiden Koffer mit den Sachen aus meinem Elternhaus lasse ich in Verwahrung nehmen, meine persönlichen Sachen bringen wir ins Hotelzimmer. Gudrun tröstet mich und schlägt vor, im Park spazieren zu gehen, dort könne sie mir von einigen

interessanten Resultaten ihrer Nachforschungen berichten. Im Park erzählt sie
dann, dass unser Hausmeister Herr Batschic keine Personalakte besitzt, sie hätte
sehr akribisch nachgeforscht. Noch wisse
sie nicht, was sie daraus ableiten könne.
Dann haben sich Bildtechniker bei Dr.
Grundmann beschwert, warum nicht Techniker des Medienkonzerns mit nach Brüssel gesandt wurden, sondern Techniker der
Vereinigten Sicherheitsdienste. Ihre Nachforschungen haben nun ergeben, dass die
Blauuniformierten nicht direkt beim Konzern angestellt sind, sondern als Angestell-
te des VS zum Medienkonzern abgestellt
werden. Dieser Vereinigte Sicherheits-
dienst sei wohl Teil der rechtsradikalen
Organisation und würde zur Bewachung
vieler öffentlicher Einrichtungen eingesetzt.
Mir graust bei den Konsequenzen dieser
Eröffnung. Unwillkürlich muss ich an die
kriminellen Schutzgelderpressungen der
Mafia aus vergangenen Zeiten denken. Die
Blauuniformierten verbreiten Angst und
Schrecken und bieten gleichzeitig gegen
Bezahlung ihren Sicherheitsdienst an. Zu
Gudrun sage ich, dass wohl dann unser
Hausmeister auch zum VS gehöre, worin
sie mir zustimmt. Unser Gespräch kommt

dann noch auf die gesperrten Kellergeschosse im Medienzentrum zu sprechen. Bei dieser Geheimnistuerei kann man an ein geheimes Waffenlager der Radikalen denken. Eine behördliche Hausdurchsuchung könnte Klarheit bringen, aber um das zu erreichen, müssen sehr gute Gründe dafür vorliegen. Wir sind gedanklich in ein sehr betrübliches Fahrwasser geraten, ich habe mir unser Wiedersehen anders ausgemalt. Ich bitte Gudrun, mit ihren Nachforschungen vorsichtiger zu sein. Vor dem Haus ihrer Wohngemeinschaft sage ich ihr noch, dass ich sie von ganzem Herzen liebe und Angst um sie habe. Ihre Antwort ist ein sehr zärtlicher Kuss und ein sehr leises: „Ich liebe dich auch.“ Glücklich mit beschwingten Schritten erreiche ich das Hotel.

Im Bett überfallen mich wieder sorgenvolle Gedanken. Was kann ich gegen diese organisierte Gewalt ausrichten und wie kann es gelingen, die sich wegduckende Mehrheit zu mobilisieren? Ein loser Faden in diesem Gewirr scheint mir unser Hausmeister zu sein. Es ist doch offensichtlich, dass er in dem Vereinigten Sicherheitsdienst eine wichtige Position einnimmt.

Wäre Vater noch da, könnte er mir sicher bei der Aufklärung der Identität dieses Batschic helfen. Im Bereich von Frankfurt war mein Vater mit einigen Kollegen gut befreundet. Mir fällt Frau Dr. Gneisel ein, sie war und sie ist es hoffentlich auch noch Oberstaatsanwältin. Wenn sie noch im Amt ist, könnte ich sie aufsuchen. Der Gedanke gefällt mir, doch dann setzt die Müdigkeit ein und mir verschwimmen die Gedanken.

Am Morgen weckt mich das Telefon. Noch verschlafen höre ich die aufgeregte Stimme von Gudrun: „Wolfgang, es gibt schlimme Nachrichten. Aufständische, wahrscheinlich die Blauen, haben das Europaparlament gestürmt. Einige Parlamentarier haben sie als Geisel genommen. Zum Glück waren wohl noch nicht sehr viele Abgeordneten im Plenarsaal versammelt, sie waren wohl noch in Arbeitsgruppen über das gesamte Gebäude verteilt. Nun liefern sich Aufständische mit der Polizei Feuergefechte. Es sollen NATO-Truppen in Marsch gesetzt sein. Ich bin an meinem Arbeitsplatz, ruf zurück." Im Nu bin ich aus dem Bett, ein schneller Durchmarsch durch das Bad und ohne Frühstück mache ich mich auf den Weg zum Medienzentrum. Am Eingang fällt mir gleich auf, dass nur ein Uniformierter an der Pforte steht, sonst waren gewöhnlich einige Uniformen in der Eingangshalle zu sehen. Im Vorbeigehen sehe ich in der Pförtnerloge ein fremdes Gesicht. Ich laufe zurück und frage nach Herrn Batschic. Der ältere, mir fremde Mann sagt, er wäre die Vertretung und Herr Batschic wäre im Urlaub. Als ich in meinem Büro bin, kommt mir ein Gedanke. Ich gehe noch einmal nach unten und frage die Vertretung, ob er wüsste, wo ich Herrn Batschic erreichen könne, er wäre mir bei der Beschaffung einer Wohnung behilflich gewesen und ich hätte dort Schwierigkeiten. Der Mann sagt mir, dass er keine Adresse hätte, nur eine Telefonnummer. Er ist sogar so freundlich, mir die Nummer aufzuschreiben und zu geben.

Im Büro stellte ich sofort meinen Fernseher an und gebe Gudrun die Nachricht, dass ich am Arbeitsplatz bin. Gudrun kommt hierauf in mein Zimmer und wir sehen zusammen die Nachrichten, hüten uns aber, Kommentare dazu abzugeben. Wir essen dann auch zusammen in der Mensa, vermeiden aber alle verfänglichen Gespräche. Erst am Abend gehen wir noch gemeinsam durch den Park, was uns nun schon fast zur Gewohnheit geworden ist, und ich kann Gudrun endlich vom Urlaub des Herrn Batschic berichten und ihr die Telefonnummer zeigen. Wir finden, dass die Vorgänge in Brüssel und der Urlaub des Herrn Batschic ein seltsames Zusammentreffen sind. Ich erzähle ihr noch, dass ich alte Verbindungen meines Vaters ausnutzen möchte, um Näheres über unseren Hausmeister herauszubekommen.

In den kommenden Tagen sind die Berichte über die Lage in Brüssel spärlich und widersprüchlich. Es scheint aber, dass durch das Eingreifen von NATO-Truppen die Aufrührer in die Defensive gedrängt werden. Ich lasse mir telefonisch einen Termin bei der Oberstaatsanwältin Frau Dr. Gneisel geben. Am späten Nachmittag gehe ich zu ihr in die Staatsanwaltschaft. Ich werde von der Vorzimmerdame sehr freundlich empfangen und gleich in das Arbeitszimmer vorgelassen. Da Frau Dr. Gneisel ungefähr in dem Alter meines Vaters sein muss, bin ich ganz überrascht von ihrem jugendlichen Aussehen. Nach einigen Auskünften zu meiner Familientragödie, stelle ich ihr die Frage, wie man Informationen über eine verdächtige Person einholen könnte, von der weder im Meldeamt noch in seiner Dienststelle Unterlagen zu finden seien. Ich erkläre ihr meinen Eindruck, dass eine große Gefahr von dieser Person ausgeht, aber dass mein Verdacht zu vage ist, um bei der Polizei Anzeige erstatten zu können. Die einzige Information zur Person, die ich ihr geben könnte, sei, dass er der Hausmeister im Medienzentrum ist, nur momentan sei er im Urlaub. Frau Dr. Gneisel meint dazu, dass die Identität ohne Unterlagen wohl schwerlich feststellbar sei, es sei denn, man könnte der Person habhaft werden. Sie sagt, sie wolle das im Auge behalten, und notiert sich meine Anschrift, dann werde ich freundlich verabschiedet. Viel Hoffnung hat mir das Gespräch leider nicht gegeben. Ich beschließe, mir die Zentrale des Vereinigten Sicherheitsdienst anzuschauen, rufe ein Taxi und gebe als Ziel den VS an. Das Taxi hält an einem Bürohochhaus, am Eingang sind viele Firmenschilder, Rechtsanwälte, Architekten Steuerberater, Wirtschaftsprüfer und ein recht kleines Schild vom Vereinigten Sicherheitsdienst. Dass dieses weitverzweigte Unternehmen so ein unscheinbares Büro unterhält, hätte ich nicht gedacht. Als ich noch die Schilder betrachte, kommen vier Blauuniformierte aus der Tür und ich wende mich ab und gehe weiter, im Vorbeigehen merke ich, dass mich einer der Männer misstrauisch mustert. Von hier bis zum Medienkonzern sind es sicherlich 5 bis 6 Kilometer, ich gehe aber dennoch zu Fuß. Es sind viele Menschen unterwegs, kaum Uniformen, aber ich habe ein unangenehmes Gefühl im Rücken, ich fühle mich beobachtet. Vor einem Schaufenster verweile ich und schaue vorsichtig zurück. Ich kann nichts Verdächtiges sehen und laufe weiter, das Gefühl bleibt. Beim Verlassen des Zentrums passt mich am Eingang Gerd Brunner ab. Ich habe ihn einige Zeit gemieden, nun fasst er mich am Arm und geht mit mir weiter. „Du bist seit deinen Reportagen in Brüssel in großer Gefahr“, raunt er mir zu. „Versuche immer in Gesellschaft zu sein.“ Ich schaue ihn an und weiß nicht, wie weit ich ihm trauen kann. „Ich bin mit Vielem nicht einverstanden, muss aber vorsichtig sein, mach es gut, tschüss“, und er wendet sich ab. Als ich abends mit Gudrun in einer kleinen Schenke einen guten Wein trinke, habe ich diesen Vorfall schon vergessen und erzähle ihr nichts davon. Unsere Stimmung schwankt zwischen Verliebtheit und ausgelassener Fröhlichkeit. Arm in

Arm bringe ich Gudrun zu ihrer Wohngemeinschaft und nach zärtlichen Küssen in der Haustür begebe ich mich zum Hotel. Es ist spät und die Straße menschenleer. Ein Auto überholt mich in langsamer Fahrt und bleibt einige Meter vor mir stehen. Als ich neben dem Fahrzeug bin, springen Männer in blauen Uniformen heraus und drängen mich in eine dunkle Einfahrt. Dann spüre ich einen heftigen Schlag in den Rücken, ich stürze und nun hageln harte Schläge auf mich ein. Ich versuche, meinen Kopf mit dem Arm zu schützen. Hand und Arm werden getroffen, ich spüre Schmerzen und meine, ein hässliches Krachen meiner Armknochen zu hören, dann explodiert mein Schädel, ein helles Aufblitzen, das ist das Letzte, was ich wahrnehme.

Ich erwache im Bett eines Krankenhauses, mein rechter Arm ist mitsamt der Hand eingegipst, mein Kopf ist eingewickelt, nur ein Auge ist frei, Mund und Kiefer kann ich nicht bewegen. Am Bett sitzt Gudrun und streichelt meine unverbundene Hand.

Ich scheine wieder eine Zeit ohnmächtig gewesen zu sein. Als ich mit meinem freien Auge zur Seite sehe, ist Gudrun auf dem

Stuhl eingeschlafen. Nun beginnen Schmerzen im Kopf, Arm und Körper zu wüten. Ein Arzt kommt und gibt mir eine Spritze, ich schlafe wieder ein. Als ich wieder wach bin, scheint die Sonne in mein Zimmer, Gudrun ist immer noch da. Sie erzählt mir, was geschehen ist. Ein Ehepaar, das mit seinem Hund spazieren gegangen war, fand mich am frühen Morgen an der Böschung des Mains. Ich war in Plastikplanen eingewickelt, die sich an einem Metallstab verfangen hatten. An einem herausragenden Fuß bemerkten sie, dass ein Mensch in der Plane war, und verständigten die Polizei. Zuerst meinte man, einen Toten gefunden zu haben, die eine Seite des Körpers schien ein blutiger Brei zu sein. Der herbeigerufene Notarzt konnte nur eine Notversorgung vornehmen. Erst ein Team herbeigerufener Ärzte transportierte mich vorsichtig ins Krankenhaus, wo gleich mehrere Operationen vorgenommen wurden. Ich habe einen Bruch des Schädelbeins, der Unterkiefer ist zweimal gebrochen, mein rechter Arm hat drei Bruchstellen und auch die Knochen meiner rechten Hand sind zertrümmert. Mein ganzer Körper ist mit Hämatomen bedeckt. Gudrun ist beim

Erzählen in Tränen ausgebrochen. Ich fühle mich hilflos und kann sie nicht einmal trösten.

Dann kommt der Krankenhausalltag, ich bin das Objekt der Bemühungen, muss gegen Schmerzen und meine Hilflosigkeit ankämpfen. Täglich besucht mich Gudrun und langsam und schleichend beginnt sich mein Zustand zu bessern. Ich kann nicht sprechen, mein Kiefer ist mit Drähten fixiert. Nun kommen zwei Polizeibeamte, um mich zu befragen. Mühsam versuche ich mit der beweglichen linken Hand ihre Fragen zu beantworten. Ich schreibe: „Nicht erkannt, Männer in Uniform kamen aus einem Auto in der Innenstadt, Bachstraße, es waren 3 oder 4.“ Auf ihre Frage, ob ich einen Verdacht habe, schreibe ich nach minutenlangem Nachdenken: „Nein.“ Die beiden Beamten sagen, sie wollen wiederkommen, wenn es mir besser geht, und verabschieden sich.

Es wird eine neue Operation an meinem Kiefer notwendig. Die genähte Kopfschwarte juckt sehr unter dem Verband, aber die Schwellungen am Körper sind so weit abgeschwollen, dass ich meinen Körper selbsttätig verlagern kann. Nun kommt täglich eine junge Frau und bewegt meinen linken Arm und meine Beine. Gudrun erzählt mir, dass in Brüssel der Aufstand niedergeschlagen sei und viele der Angreifer gefangen genommen wurden und vor Gericht kämen. Im Medienzentrum gebe es wenig Neuigkeiten, viele der Kollegen lassen grüßen und wünschen mir gute Besserung. Der Hausmeister sei aus seinem Urlaub zurückgekehrt, er habe sich bei ihr nach meinem Zustand erkundigt, sie habe ihm aber keine Auskunft gegeben. Mir wird die Zeit zu lang. Ich kann nicht lesen und mit einem Auge, das andere hat sich entzündet, täglich auf den Fernseher zu schauen, macht mich ganz wirr im Kopf. Die täglichen Besuche von Gudrun sind mein einziger Halt.

Nun kann ich aufstehen und mit einem Morgenmantel über die Schulter gehängt in den Gängen entlanglaufen. Heute gehe ich mit Gudrun im Klinikgarten etwas auf und ab. Ich kann sogar, ohne den Kiefer zu bewegen, etwas sprechen. Dass unsere Gespräche nun von meinem körperlichen Gebrechen zu der Überlebenskrise der Menschheit zurückkehren, bereitet mir trotz aller Sorgen Befriedigung. Ich komme zur Rehabilitation in eine Klinik in

Düsseldorf, wo mich leider Gudrun nicht so oft besuchen kann. Mein rechter Arm muss sehr vorsichtig bewegt werden, die Knochen sind durch Metallschienen fixiert, die später wieder herausoperiert werden müssen. Die Finger an der rechten Hand kann ich schon ein wenig bewegen. Die rechte Gesichtshälfte ist immer noch etwas geschwollen. Es ist kaum zu glauben, was für Schwierigkeiten Zähneputzen machen kann. Die Zeit in der Reha-Klinik finde ich trostlos und ich bin froh, als ich die Klinik verlassen kann. Gudrun holt mich mit einem Leihwagen ab. In ihrer Nähe hebt sich gleich wieder meine Stimmung und ich freue mich auf unser Zusammensein, aber auch darauf, bald wieder arbeiten zu können.

Es ist ein seltsames Gefühl, nach diesem Unfall das Mediengebäude wieder zu betreten. Gleich hinter der Tür tritt Herr Batschic aus seinem Kabuff und sagt: „Was hat man denn mit Ihnen gemacht?" Ich bleibe stehen und sehe ihm fest in die Augen: „Das werden Sie doch besser wissen als ich." Da wird sein Gesicht zu einer wütenden Maske, seine Augen werden zu Schlitzen und leise knurrt er: „Wenn ich Anteil daran gehabt hätte, würden sie nicht mehr so frech hier stehen", und wendet sich ab. „Wieso frech?!", rufe ich noch hinter ihm her, aber er beachtet mich nicht mehr und schließt die Tür zu seinem Refugium.

Von den meisten Kollegen werde ich mit lautem Hallo sehr freundlich begrüßt, sie tun fast so, als hätte ich eine Heldentat begangen. Einige wenige weichen mir aus, zwei Kollegen werfen mir sogar giftige Blicke zu und wenden sich ab. Dr. Grundmann ist die Freundlichkeit selbst, seine Beileidsbeteuerungen sind für mein Gefühl etwas zu dick aufgetragen. Mir kommt der Gedanke, dass er ein schlechtes Gewissen kompensiert. Ohne einen funktionsfähigen rechten Arm kann ich noch nicht viel arbeiten, so gehe ich noch mit Gudrun in die Mensa zum Mittagessen und danach machen wir einen Spaziergang entlang des Mains im Außenbezirk der Stadt. Wir kommen an einem großen Lager von Geflüchteten vorbei, die behelfsmäßig in Containern und Zelten untergebracht sind. Die Menschen dort sind in mitleiderregendem Zustand. Wir gehen an einer abgemagerten jungen Frau vorbei, die einen Säugling auf dem Arm und ein ca. 2-jähriges Kind an der Hand hält. Ich habe einen 100 Euro-Schein in der Tasche und reiche ihr den. Die Frau weist das Geld erst zurück, als ich ihr mit Gesten zu verstehen gebe, dass es für die Kinder ist, nimmt sie den Schein und bedankt sich in einer fremden Sprache. Gudrun hat Tränen in den Augen und drückt mir dankbar den gesunden Arm.

Am späten Nachmittag begebe ich mich zur Staatsanwaltschaft. Nach Anmeldung werde ich gleich von Frau Dr. Gneisel empfangen. Sie ist voll über den Überfall informiert und ich spüre aufrichtiges Mitgefühl. Sie hat auch sehr überraschende Informationen über Herrn Batschic. Er würde überwacht, Batschic sei nicht sein richtiger Name. Sein Name sei Boris Ramstatter, geboren in Graz. Nach einer Offizierslaufbahn in der österreichischen Armee sei er Anführer einer russischen Söldnertruppe gewesen, die in mehreren Ländern brutale Verbrechen verübt hätte. Nach einem Regimewechsel in Russland sei er unter falschem Namen untergetaucht. Frau Dr. Gneisel sagt, sie hätte beim Internationalen Gerichtshof einen Haftbefehl beantragt. Ich weiß nun nicht recht, wie ich das bewerten kann. Eine Verhaftung wäre wohl positiv, aber andererseits würde er dann wohl kaum seine

Rolle in der Organisation der Feinde unseres Rechtsstaats preisgeben. Ich erkläre Frau Dr. Gneisel, ich würde ihn für einen der führenden Köpfe der Staatsfeinde in blauen Uniformen halten und würde vermuten, dass sich in den gesperrten Untergeschossen in den Medientürmen ein Waffenlager befindet. Sie fragt, ob ich für so weitgehende Anschuldigungen ausreichend Beweise hätte. Ich muss zugeben, ich würde es lediglich daraus schließen, dass zwei Unterstockwerke voll gesperrt seien und nur der Hausmeister und nach meiner Beobachtung Blauuniformierte Zutritt dort haben. Dann werde ich eilig verabschiedet, Frau Dr. Gneisel sagt, wenn sich so ein Verdacht erhärten ließe, müsse sehr schnell gehandelt werden.

Als ich morgens ins Büro will, ist das ganze Zentrum von Polizei abgesperrt. Ich zeige meinen Dienstausweis und darf passieren. Auch in der Halle ist sehr viel Polizei, die Fahrstühle sind abgesperrt und ich gehe die Treppen hoch. Viele der Kollegen haben sich im Seminarraum versammelt, aufgeregt reden alle durcheinander. Gudrun ist auch schon da, sie drängt sich zu mir durch und zieht mich auf den Gang. Sie berichtet mir, dass die Polizei im ganzen

Zentrum nach Herrn Batschic fahndet, der wohl vorher gewarnt wurde und sich abgesetzt hat. Es gäbe sonst noch keinerlei Auskünfte, sie habe aber gesehen, wie einige der Blauuniformierten abgeführt wurden. Wir gehen in Gudruns Büro und warten ab. Nach einiger Zeit kommt die Durchsage, das gesamte Zentrum müsse geräumt werden. Auf dem Weg zum Ausgang fragen wir einen Polizeibeamten und bekommen die Auskunft, im Keller des Zentrums seien Waffen und Sprengstoffe gefunden worden. In der Halle sehe ich Frau Dr. Gneisel und gehe zu ihr. Es reicht aber nur zu einer kurzen Begrüßung, dann ist sie von Polizeibeamten in Anspruch genommen. Sie sagt noch zu mir: „Kommen Sie morgen in mein Amt", dann geht sie mit Polizeibeamten zum Fahrstuhl. Ich erkläre Gudrun, was das für eine Frau ist, und auf dem Weg zu meinem Hotel erzähle ich ihr, was ich gestern über unseren Hausmeister von dieser Frau erfahren habe. In dieser Nacht bleibt Gudrun bei mir in meinem Hotelzimmer.

Morgens lasse ich sie schlafen, hänge ein Schild mit „Bitte nicht stören" an die Tür und begebe mich in die Staatsanwaltschaft. Ich werde gleich empfangen und Frau Dr.

Gneisel unterrichtet mich darüber, dass in der Staatsanwaltschaft ein Mitarbeiter in den Verdacht geraten sei, den gesuchten Ramstatter gewarnt zu haben. Dann sagt sie überraschend, ich hätte doch ein so gutes Examen, ob ich es mir nicht überlegen wolle, in die Staatsanwaltschaft zu wechseln, denn es wäre nun erst ein Anfang damit gemacht, die gesellschaftliche Ordnung wieder herzustellen. In diesem kritischen Zustand, in dem sich die Welt befindet, könnten Freiheit und Menschenwürde nur bewahrt werden, wenn Rechtssicherheit durchgesetzt wird. Einen Aspekt solle ich auch bedenken, die Gefahr, die von diesen Leuten ausgeht, hätte ich schon am eigenen Leibe gespürt und die wäre noch immer ganz real vorhanden. Als Staatsanwalt hätte ich Anspruch auf Personenschutz. Ich danke ihr herzlich, sage aber, so eine Entscheidung könnte ich nur mit meiner zukünftigen Frau treffen. Ich frage noch, ob Informationen über den Verbleib von Herrn Ramstatter vorliegen. Sie verneint, und ich erzähle ihr von dem Haus mit den Luxuswohnungen, in das mich dieser Herr im Anfang vermittelt hätte und aus dem ich herausgeschmissen wurde, als sich herausstellte, dass ich ihrer Ideologie nicht entsprach. Frau Gneisel fragt mehr nebenbei: „Wo war diese Wohnung?" Ich sage ihr: „Ein sehr schönes Haus, Kolbe-Allee 8." Überrascht schaut Frau Dr. Gneisel mich an: „Die Adresse kenne ich, dort wohnt ein Kollege und dort haben wir Kindstaufe gefeiert, das erhärtet meinen Verdacht, dass dieser Mann Ramstetter gewarnt hat." Sie greift zum Telefon, lässt sich mit einem Untersuchungsrichter verbinden und bittet um einen Haftbefehl für einen Staatsanwalt Koch sowie um einen Durchsuchungsbefehl für das Haus Kolbe-Allee 8.

Ich bin fest entschlossen, Gudrun einen Heiratsantrag zu machen und fiebere dem richtigen Moment entgegen. Wenn Gudrun einwilligt, werde ich eine Anstellung in der Strafverfolgungsbehörde annehmen. Ich glaube, für ein Ehepaar ist es besser, wenn beide unterschiedlichen Tätigkeiten nachgehen.

Die Polizei gibt die Verhaftung des Anführers und einer großen Anzahl von Verantwortlichen des geplanten Staatsstreichs bekannt. Der Vereinigte Sicherheitsdienst wird als kriminelle Vereinigung verboten.

In der Freude über diese Nachricht ergreife ich die Gelegenheit und mache Gudrun einen formvollendeten Heiratsantrag. Gudrun schließt mich so schnell in ihre Arme, dass mein immer noch geschienter rechter Arm in Bedrängnis gerät und aus der Schachtel, die ich ihr mit der linken Hand überreichen wollte, kollern beide Trauringe auf die Erde. Nun geht Gudrun auf die Knie und sucht die Ringe. Als die Ringe auf unseren Fingern stecken, sind wir ausgelassen und schmieden allen dunklen Zukunftsaussichten zum Trotz Zukunftspläne.

<u>**Weitere Bücher von Karl-Heinz Haselmeyer**</u>

<u>Elitefrauen</u>

Der Roman befasst sich mit dem Phänomen der Zeit verpackt in eine spannende Geschichte. Ein Team von Astronautinnen bricht zu einer Reise ins Universum auf, bei der laut Plan erst die nächste Generation die Erde wieder erreichen kann. Unerklärliche Zeitphänomene ändern alle Reisepläne. Als das ursprüngliche Frauenteam, kaum gealtert, wieder zur Erde zurückkehrt, sind Jahrhunderte vergangen und die Menschheit befindet sich durch technische Verselbstständigung im Niedergang. Durch den Einsatz der Frauen können die Gefahren, die der Menschheit drohen, abgewendet werden. (Amazon Deutschland, 2017)

<u>Das Fenster zur Evolution</u>

Abenteuer in einer unberührten Natur. Nach einer Umweltkatastrophe existieren die Überlebenden in isolierten Städten und werden kybernetisch mental reguliert. Die Umwelt ist für Menschen tabu. Zur Vorbereitung einer Raumfahrt wird eine Versuchsperson ungeregelt in die Tabuzone gesandt, macht Erfahrungen mit der für ihn neuen Selbstständigkeit und erlebt die von Menschen verschonte Natur. Er muss sich mit wilden Tieren und den Naturgewalten auseinandersetzen und lernt andere Lebensformen sowie Affen kennen, dich sich unabhängig von den Menschen weiterentwickelt haben. (Amazon Deutschland, 2017)

Uropageschichten

Der Urgroßvater erzählt seinen Enkeln von seiner Kindheit und Jugend in der Kriegs- und Nachkriegszeit in Göttingen. Ein warmherziges Jugendbuch, das auch für Erwachsene interessant ist.(Amazon Deutschland, 2017)

Symbiose

In der Gesellschaft nimmt die Tendenz zur Selbstoptimierung zu. Was hat das für Auswirkungen auf die Persönlichkeit und die menschlichen Beziehungen, wenn ein Mensch durch die Symbiose mit technischen Objekten eine enorme Gedächtniskapazität und eine hervorragende Denkfähigkeit bekommt? In diesem Science Fiction setzt sich Karl-Heinz Haselmeyer kritisch mit den wachsenden Möglichkeiten der Medizin auseinander. (Amazon Deutschland, 2018)

Terroristen

Was wäre, wenn es einer Terrororganistion gelänge, die Herrschaft über den Erdball zu erringen?

Könnte man dann dem Ideal der Gewaltlosigkeit treu bleiben oder wäre es nicht Pflicht, sich mit allen Mitteln zu wehren?

Ein junger Gotteskrieger bereist die Erde auf der Suche nach Naturschönheiten und kommt dabei mit den unterdrückten Menschen in Berührung. Er verliebt sich in eine Wildhüterin im Yellowstone Park. Als er erfährt, dass der Beherrscher der Erde eine vernichtende Eruption im Park auslösen und damit wohl alle Bewohner des gesamten Kontinents vernichten will, kämpft er gemeinsam mit den Bewohnern für ihre Rettung auch um den Preis der eigenen Vernichtung.(Amazon Deutschland, 2018)

Der verbotene Planet

Expeditionen zu einem erdähnlichen Planeten scheiterten unter seltsamen Umständen und endeten in einer Katastrophe. Der Planet wurde unter Quarantäne gestellt und jegliche Landung verboten. Die Besatzung eines havarierten Raumschiffes muss auf diesem Planeten notlanden. Die Überlebenden werden von einem Raumkreuzer gerettet. Das Rettungsraumschiff gerät anschließend insbesondere durch eine mysteriöse Krankheit in Schwierigkeiten. Unter großen Verlusten kann das Geheimnis des verbotenen Planeten geklärt werden.(Amazon Deutschland, 2019)

Interaktiv

Ein Fachmann der „Künstlichen Intelligenz" schildert den Versuch, der Leistung des menschlichen Gehirns nahe zu kommen, und erzählt von den damit verbundenen Problemen. Im Zwiegespräch mit der geschaffenen Apparatur werden wissenschaftliche Themen aus der Teilchenphysik und der Kosmologie sowie zivilisatorische Entwicklungen angesprochen. In kurzer Zeit ist der Rechner seinen Schöpfern überlegen, kann von ihnen nicht mehr kontrolliert werden und geht eigene Wege, was seinen Betreuer in große Schwierigkeiten bringt. (Amazon Deutschland, 2019)

Eisige Höhen

Bei einer unheimlichen Begegnung wird ein normaler Bürger durch Drogen aus seinem einfachen Leben gerissen. Er wird ein gefühlloser Karrierist, dem ein schneller Aufstieg in der politischen Gesellschaft vorgezeichnet ist. Zu spät merkt er, dass er ein machtloses Werkzeug in den Händen einer Verschwörung ist. Vorsichtig versucht er sich daraus zu befreien. Als die Verschwörung aufgedeckt wird, gilt er zunächst als Hauptverdächtiger, wird aber teilweise rehabilitiert. Was bleibt, sind Scham und Sehnsucht nach seinem einfachen Leben.(Amazon Deutschland, 2020)

Homunkulus

Die alte Geschichte des synthetischen Menschen wird unter modernen Aspekten aufbereitet. Im Vordergrund stehen die Fragen: Was ist Leben und wie ist ein Bewusstsein mit der Erkenntnis und der Intelligenz verknüpft, aber auch, welchen Platz haben Gefühle in diesem Zusammenhang? Fragen, die sich bei weiterem Fortschritt der IT-Forschung wohl einmal stellen könnten. Das geschaffene technische Wesen ist nach kurzer Entwicklungszeit seinen Schöpfern intellektuell überlegen und entgegen allen Erwartungen entsteht eine wechselseitige enge gefühlsmäßige Bindung.(Amazon Deutschland, 2020)

Genderfrei

Nur wenige Menschen konnten einer irdischen Katastrophe entfliehen und leben in einer Höhle hundert Meter unter der Mondoberfläche. Sie suchen einen Neuanfang, ohne in die verhängnisvollen Fehler der Vergangenheit zurückzufallen, die fast zur Vernichtung der Menschheit geführt hatten. Da Sprache das Bewusstsein formt, sollen alle Diskriminierungen im Sprachgebrauch abgeschafft werden. In genderfreier Sprache werden die Nöte und Zwänge der Überlebenden geschildert, denen nur ein Ausweg bleibt, sie müssen versuchen die zerstörte Erde neu zu besiedeln.(Amazon Deutschland, 2020)

Habilitation

In Form einer wissenschaftlichen Habilitationsarbeit wird geschildert, wie nach einer Klimakatastrophe die Manipulationen an der Keimbahn von Menschen mit dem Ziel einer höheren Hitzetoleranz zu einer neuen Spezies führten. Die gezüchteten Thermophilen vermehrten sich stark und es entstanden Probleme des Zusammenlebens. Nach Versuchen, die Venusatmosphäre zu reinigen und die Temperatur dort zu senken, wurden die Thermophilen ausgesiedelt.(Amazon Deutschland, 2021)

Kontakt

Auf der Suche nach außerirdischem Leben stoßen Wissenschaftler auf Signale, die sich von natürlichen abgrenzen lassen. Versuche, diese Signale zu entschlüsseln, scheitern. Ähnlichkeiten mit dem genetischen Code bringen Forscher dazu, die Signale biochemisch in Materie zu überführen. Diese Versuche münden in eine Katastrophe und müssen gewaltsam beendet werden.(Amazon Deutschland, 2021)

Thomas

Die Innen- und Außenwelt eines kritischen Realisten wird gespiegelt in einem Zeitraum von achtzig Jahren. Das Symbol der geistigen Auseinandersetzung ist der „ungläubige Thomas". Zeitgeschehen, Geschichte und Reflexionen wechseln in bunter Folge. Eine sehr persönliche Geschichte. (Amazon Deutschland, 2021)

Bildet Sprache Bewusstsein?

Die künstliche Nachbildung eines neuronalen Cortex ist ein Quantensprung in der digitalen Datenverarbeitung. Damit taucht die Frage auf: kann sich in einem elektronischen Schaltkreis Bewusstsein entwickeln? Eine Arbeitsgruppe in dem Forschungszentrum geht dieser Frage nach. Der Satz: Sprache prägt das Bewusstsein erweist sich als eine falsche Fährte.(Amazon Deutschland, 2021)

Geschenkte Gedanken

Ein Studium an einer Eliteuniversität in den USA und ein Großvater, der die weltanschaulichen Gespräche mit seinem Enkel vermisst und ihm seine Gedanken per E-Mail weiterhin mitteilt. Der Student aus Deutschland findet die Frau seines Lebens und einen guten Freund, aber mit seinem Großvater bleibt er auch in der Ferne eng verbunden. (Amazon Deutschland, 2021)

Gier

Ein von Gier getriebener erfolgreicher Geschäfts-
mann schildert auf dem Krankenbett seinen Aufstieg und seinen selbstverschuldeten Absturz.
Selbst seine schlimmen Erfahrungen können nicht
verhindern, dass er später wieder den Verlockun-
gen der Gier erliegt.(Amazon Deutschland, 2021)
<u>Nachwelt</u>

Es ist nicht gelungen die Biosphäre zu stabilisieren,
die Menschen mussten sich als letzten Ausweg aus
der Natur zurückziehen. In ihrem selbst erwählten
Ghetto verlieren sie sich immer mehr in eine
imaginäre Traumwelt. Ein junges Paar möchte sich
dieser Entwicklung entziehen und bricht auf in
eine menschenleere geschädigte Welt. (Books on
Demand Norderstedt 2022)

<u>Grenze der Vollkommenheit</u>

Durch einen Kontakt mit einer interstellaren Intelligenz gerät für einen großen Teil der Menschheit das Leben in andere Bahnen. Begriffe wie
Persönlichkeit, Intelligenz und Subjektivität müssen neu definiert werden. Mit einem zweiten
Kontakt einer unbekannten Existenzform wird alles bisherige Leben in Frage gestellt. (Books on
Demand Norderstedt 2022)

Der Traum von der Zelle

Ein Blick in die nahe Zukunft, in der die emissionsfreie Energieproduktion die Umweltprobleme nicht nachhaltig beheben konnte. Viele Menschen verlieren ihre Lebensgrundlage und strömen in Gebiete, die noch nicht so stark betroffen waren. Dadurch entstehen gefährliche gesellschaftliche Entwicklungen. Ein Wissenschaftler entwickelt eine Methode, um das Schmerzempfinden abzuschalten. Als er sieht, dass seine Erfindung missbraucht werden kann, versucht er auf die Gefahren hinzuweisen, In seinen Vorlesungen erregt er Aufsehen und Widerspruch. (Books on Demand Norderstedt 2022)

Bunkerleben

Vor einem Angriff mit atomaren Waffen können nur wenige Menschen in sicheren Bunkern Schutz suchen.

Ist in einem Bunker ein Überleben möglich oder ist der Aufenthalt tief in der Erde nur ein verlängertes Sterben? Scheinbar in Sicherheit, zeigt sich, wie sehr der Mensch mit seiner Umwelt verbunden ist.

Im Bunker entstehen menschliche Interaktionen, Menschen sind sehr adaptionsfähig, Isolation und Platzmangel können den Überlebenswillen nicht brechen. Aber die Nahrungsvorräte und künstlich erzeugten Nahrungsergänzungsstoffe reichen nicht aus. Es bleibt nur im Bunker zu verhungern oder ihn zu verlassen. (Books on Demand Norderstedt 2022)

Der Bärentöter

Eine bäuerliche Sippe der Eisenzeit war mit der Geschichte ihrer Vorfahren eng verbunden. In den Erzählungen der Ältesten führten sie ihre Herkunft auf einen steinzeitlichen Jäger zurück und erzählten von Jagden auf Tiere der Frühzeit wie Mammut und Höhlenbär, die längst ausgestorben waren. Ein spannendes Buch, das auch für Jugendliche interessant ist. (Books on Demand, Norderstedt 2022)

© 2023, Karl-Heinz Haselmeyer
Herstellung und Verlag: BoD – Books on Demand, Norderstedt
ISBN: 9783734790157

FSC
www.fsc.org
MIX
Papier aus ver-
antwortungsvollen
Quellen
Paper from
responsible sources
FSC® C105338